FAIBLESSES
D'UNE
JOLIE FEMME.

Tom. 1

*La première chose qu'ils aper-
çurent, fût l'Echelle qui servit à
confirmer que la vieille n'était
pas une visionaire.*

FAIBLESSES
D'UNE
JOLIE FEMME,
OU
MÉMOIRES
DE MADAME
DE VILEFRANC,
ÉCRITS PAR ELLE-MÊME:

CONTENANT un grand nombre de portraits, dont il sera encore facile de trouver les originaux.

MIS AU JOUR PAR P.-J.-B.-NOUGARET

AVEC FIGURES.

TOME PREMIER.

A PARIS,

CHEZ l'Auteur, rue des Petits-Augustins, n°. 9, vis-à-vis celle des Marais, F.G.; et DESENNE, Palais-Egalité, n°. 1 et 2.

AN VII.

Ouvrages, du même Auteur, qui se trouvent aux mêmes adresses :

Les Astuces et les tromperies de Paris, ou Histoire d'un nouveau débarqué, écrite par lui-même ; contenant les ruses que les intrigans, les filous, les petits marchands, certaines jolies femmes, etc. etc., mettent communément en usage pour tromper les gens simples et les étrangers. Trois vol. *in*-18, avec figures ; 2 francs, 25 centimes ; et par la poste, 3 francs.

L'ancien et le nouveau Paris, ou Anecdotes galantes et secrettes, propres à peindre nos moeurs passées et présentes : 2 vol. *in*-18, avec figures ; 1 franc, 5 décimes, et par la poste, 2 francs.

Hymnes pour toutes les fêtes nationales, sur des airs connus, tels qu'on les exécute dans les départemens ; précédés de réflexions sur le culte catholique et les prêtres ; extraites de Helvétius, etc. 1 volume *in*-12 de 148 pages. 1 franc; et par la poste 1 franc 25 centimes.

Les Fastes du Peuple Français, ou Tableaux raisonnés de toutes les actions héroïques et civiques du soldat et du citoyen. Ouvrage orné de gravures, et honoré de la souscription du gouvernement. On peut ne se procurer que quatre cahiers à-la-fois. Ils se vendent chacun 2 francs 5 décimes; et par la poste, 3 francs; et colorié, 4 francs. Il en paraît, jusqu'à ce jour, vingt-quatre cahiers, et l'on en publie quatre par mois.

AVERTISSEMENT
DE L'ÉDITEUR.

Ces mémoires me furent remis par un citoyen estimable qui avait été très-lié avec madame de Vilfranc. Je n'ai fait qu'adoucir certaines confidences, et jeter un voile sur des détails un peu trop naturels. Je craignais de scandaliser, sur-tout, les personnes qui feignent de rougir à la moindre lecture équivoque, et crient fort haut au scandale, afin de faire croire qu'elles ont un extrême sentiment de pudeur. Comme le nombre en est fort grand, de ces lecteurs si sévères en apparence, et dont les moeurs particulières démentent tous les beaux discours, il m'aurait été assez difficile de répondre à leurs graves reproches, et ils auraient entraîné contre moi la multitude, non-moins nombreuse, de ceux qu'ils trompent par leur hypocrisie.

Le succès prodigieux que eurent en paraissant les Mémoires que je publie de nouveau aujourd'hui, les nombreuses éditions et les contre-façons, qui en furent faites, prouvèrent que j'avais été heureux dans les retranchemens et les corrections que j'avais jugé nécessaires. Cependant on trouvera encore que madame de Vilfranc s'exprime avec peu de réserve dans ses confidences;

mais elle est si affectée de ses fautes, elle se les reproche si vivement, qu'elle se croirait coupable de chercher à peser ses expressions dans l'aveu qu'elle s'est condamné à en faire. Il m'a bien fallu laisser dans son récit cette teinte de son caractère et de son repentir. On y verra qu'elle n'a jamais été heureuse en se livrant aux désordres de ses passions; qu'ils l'ont fait vivre dans une suite continuelle d'inquiétudes, d'alarmes, de tourmens, de remords ; qu'elle fut le jouet et la victime d'hommes faux, scélérats en amour, comme ils le seraient en d'autres circonstances, s'ils ne craignaient la vengeace des lois.

Quelle leçon plus frappante puis-je offrir aux jeunes personnes qui croient un amant sincère, dès qu'il leur déclare avec emphase qu'il les adore ? ainsi qu'à ces épouses imprudentes qui s'imaginent trouver le bonheur dans une vie scandaleuse, et ne font point attention qu'elles se laissent guider par un conseiller beaucoup plus dangereux, beaucoup plus perfide que le corrupteur qui profite de leur faiblesse : c'est leur propre coeur.

FAIBLESSES
D'UNE
JOLIE FEMME.

Je renonce à la coquetterie comme j'ai quitté la plupart de mes amans ; je veux dire sans regret. Les manèges, les peines et les plaisirs de l'amour ne sont plus guère du ressort d'une femme de quarante ans ; il est à cet âge d'autres occupations qui peuvent donner le change à l'ennui ; la médisance, par exemple, le jeu, la table : pour la bigoterie, c'est une ressource trop triste et trop décriée ; on n'est plus dupe des fausses dévotes. Au reste, je me réserve la liberté de choisir, lorsque je me serai bien consultée : en attendant, je vais m'amuser à mettre au jour mes aventures, et, par contre-coup, les bonnes ou mauvaises réflexions qui me viendront à l'esprit. Je ne sais si j'écris bien, je ne sais si j'écris mal ; c'est au lecteur à s'en convaincre ; si je l'ennuie, j'en suis fâchée ; mais il est bien juste que je prenne ma revanche au moins une fois : tant de livres m'on fait bâiller dans ma vie ! Mes œuvres, jusqu'à ce jour, ne consistent qu'en quelques billets, qu'à la vérité ceux qui les recevaient trouvaient charmans, merveilleux ; mais comme tous les hommes, je dis tous, font profession ouverte d'imposture à l'égard des femmes, leurs louanges, stile ordinaire de la séduction, ne flattent pas ma vanité : c'est un des avantages de la galanterie de donner de l'expérience ; peut-être n'est-ce pas le seul.

Toutes les prudes qui me liront, ne manqueront pas de crier au scandale. Je m'en moque d'avance ; car je sais que les personnes raisonnables ne font point attention à ce que disent les femmes qui affectent tant de réserve et médisent pieusement de leur prochain.

Quelque séduisant cependant que paraisse aux yeux des femmes le genre de vie que j'ai mené, je le crois beaucoup moins désirable que cette tranquillite qui naît d'une passion douce et uniforme, dont l'estime est le fondement. Mais le bonheur de cet état, paisible et délicieux, est il fait pour être senti de toutes les femmes ? Je ne crains pas d'assurer que non ; et je m'en rapporte à toutes celles qui, comme moi, ont reçu de la nature une âme extrêmement sensible. Qu'on ne croie pas que je cherche un prétexte pour couvrir mes égaremens ; je connais mes torts ; j'en rougis, et c'est une amende honorable que je vais faire en les découvrant au public : ma confession, quoique naïve, quoique libre même, ne sera peut-être pas sans utilité : ne lit-on pas que les Spartiates, pour inspirer à leurs enfans le goût de la sobriété, faisaient enivrer leurs esclaves? La conséquence en ma faveur est claire. Dépouillez le vice des attraits de l'illusion, l'on n'apercevra plus que sa laideur : tel est précisément l'effet de la lecture de certains livres galans.

J'ai entendu soutenir qu'il n'y avait pas de livre sans préface : eh bien, voilà la mienne ; on la prendra pour telle si l'on veut. Venons au fait actuellement.

Je dois la naissance, une bonne éducation, une fortune aisée, à des négocians qui, après s'être enrichis dans le commerce des îles de l'Amérique, vinrent faire leur séjour à Paris. Seul fruit de leur union, que rien n'avait jamais altérée, j'en étais chérie, parce qu'ils s'adoraient encore, quoiqu'après vingt-ans de mariage. Il est vrai qu'on ne trouvait pas alors de ridicule dans ce qu'on appelait *faire bon ménage*, du moins chez les particuliers. Heureusement la mode en est passée, d'autres tems, d'autres moeurs ; on s'arrange bien mieux aujourd'hui.

J'avais perdu mon père avant treize ans : à peine en avais-je quatorze, que je commençai à devenir inquiète et rêveuse, et à former des desirs confus, dont j'ignorais encore le motif. Mon cœur, jusqu'alors tranquille, palpita tout-à-coup, et sentit qu'il n'était pas fait pour être long-tems insensible ; la matière dont il était formé devenait plus combustible de jour en jour ; il ne fallait plus qu'une étincelle pour l'enflammer.

Cependant j'atteignis quinze ans sans éprouver autre chose que des inquiètudes et une douce mélancolie, prélude des passions les plus violentes. Ce fut alors que Derville s'offrit à mes yeux, armé de tous les traits de l'amour, dont il aurait pu, à juste titre, se prétendre le rival. Il était dans cet âge heureux où un jeune homme, sans être encore vicieux, est parvenu à se défaire de l'extrême timidité de l'enfance, c'est-à-dire qu'il avait vingt ans. Représentez-vous un jeune homme de la taille la mieux prise, d'une physionomie animée et gracieuse, parée de la fraîcheur de la jeunesse et de la santé la plus parfaite, toujours riante, comme pour montrer les plus belles dents du monde : ajoutez un oeil tendre et plein de feu, une jambe faite à peindre, une gaîté charmante, les manières que donne l'usage de la bonne société, et vous aurez le portrait de mon héros.

Ce fut à un bal que nous nous

vîmes pour la première fois. Sa présence me fit éprouver un trouble qui me causa de la peine et du plaisir ; les grâces qu'il réunissait en dansant achevèrent ma défaite. C'était lui qui devait faire éclorre en moi le germe du sentiment, et les premières impressions de l'amour, qui sont presque toujours les avant-coureurs des plus cruels chagrins Il me pria de danser ; j'y consentis avec joie, et ne fus pas seule de l'assemblée qui m'aperçus que la danse était l'objet qui l'occupait le moins. Ses distractions continuelles, ses pas précipités, ses yeux trop constamment attachés sur les miens, tout décélait son agitation. Mon coeur palpitait trop violemment pour que je pusse soutenir long-tems cette dangereuse épreuve ; je terminai promptement la danse. Le menuet à peine fini, l'amoureux Derville me conduisit dans une salle à côté. Le Dieu aveugle et malin, qui m'avait désignée pour être une de ses victimes, nous y fit trouver seuls : également embarrassés, et n'osant ni l'un ni l'autre prononcer un seul mot, Derville imprima sur ma main un de ces baisers pénétrans, qui causent une émotion si voluptueuse, et dont un coeur tendre se plaît, pour ainsi dire, à savourer les délices. Je voulus observer un air froid et réservé ; mais j'étais trop émue, un sourire s'échappa malgré moi.

« Serais-je assez heureux, Ma-
» demoiselle, me dit Derville, pour
» vous faire partager les sentimens
» que votre vue a fait naître, et

» qui ne s'éteindront jamais? » Il garda le silence après ce peu de mots, soit que l'expression manquât à l'énergie de ses idées, soit qu'il attendît une réponse; mais je n'étais pas en état de lui en faire: d'ailleurs, je ne savais trop que lui dire. Il aurait joui long-tems du trouble délicieux qu'il me causait, si le bruit de plusieurs personnes qui survinrent ne m'en eût heureusement tirée. Dès ce moment je devais sans doute l'éviter, ou tout au moins lui faire des reproches de la liberté qu'il avait prise; mais, outre que je n'avais pas encore assez d'usage pour savoir grimacer à propos, je ne pouvais jeter les yeux sur lui sans le trouver plus aimable, et sans me féliciter en secret des témoignages qu'il me donnait de sa tendresse, que mon cœur ne justifiait que trop. Je crus pourtant devoir prendre un air de sévérité, dont je me repentis aussi-tôt; car je vis avec un dépit mortel que Derville alla s'asseoir à côté de ma mère, sans paraître prendre aucun intérêt aux divertissemens du bal, dont jusqu'alors il avait fait tout l'agrément. Je commençai à mal augurer des jeunes gens en général, en interprétant à leur désavantage cette apparence de légéreté de la part de celui qui m'avait si vivement émue; aussi affectai-je de le regarder avec indignation. Il s'en aperçut bientôt.

« Ne me jugez pas sur l'apparence, Mademoiselle, me dit-il » à voix basse, en s'approchant de » moi; je me ménage les moyens » de vous témoigner combien je

» desire de me concilier vos bontés, » dont je crains bien de n'être pas » digne. » Il me fut aisé de comprendre qu'il s'appliquait à gagner la confiance de ma mère, pour avoir occasion de me rendre visite. Je lui en sus bon gré, et mes yeux durent l'en instruire : c'est le langage le plus éloquent, sur-tout lorsqu'ils sont les interprètes du cœur.

L'heure de nous retirer étant venue, Derville obtint de ma mère la permission de nous accompagner. Nous n'étions que nous trois dans la voiture, et je me trouvai placée à côté de lui. L'obscurité lui fit hasarder de prendre une de mes mains, que je ne retirai pas : il osa même la mettre dans la sienne ; j'en ressentis un frémissement si vif, que ma mère s'en aperçut ; le froid fut mon prétexte ;

texte : c'est le premier mensonge que l'amour m'ait fait faire. Nous arrivâmes ; Derville prit congé de nous, et nous quitta, après avoir obtenu la permission de faire quelques visites à ma mère.

L'esprit tout plein de lui, ne pensant qu'à lui, ne voyant que lui, je n'eus rien de plus pressé que de me retirer promptement dans ma chambre, pour y rêver à mon aise.

Je cherchai long-tems à deviner la cause du changement subit qui s'était fait en moi : mes réflexions ne purent m'éclairer ; je sentais bien tout l'attrait invincible qui m'entraînait vers ce jeune homme ; mais je ne pouvais aller plus loin, et je me contentais de répéter à chaque instant : *qu'il est aimable !* sans deviner la cause de cette préférence :

c'était un problême que Derville seul devait bientôt résoudre. Je me couchai fort inquiète, comme si j'avais eu un pressentiment des chagrins cruels qui allaient suivre les plaisirs que l'amour songeait à me procurer.

Quoique la nature se fût déjà expliquée à mon cœur, l'ignorance dans laquelle j'avais été élevée, laissait sur mes idées un nuage que je desirais de pouvoir percer. Prodigieux effet de l'amour ! Derville que je connaissais à peine, qui était d'un sexe dont on m'avait donné les plus mauvaises idées, ce Derville enfin dont les moeurs et le caractère m'étaient absolument inconnus, me paraissait le seul être à qui je dusse confier mes plus secrètes pensées, et le seul propre à faire mon bonheur.

Mes réflexions me conduisirent jusqu'au jour; jour mémorable qui devait être l'époque d'une longue suite d'égaremens. Aussi-tôt qu'il parut, je me mis à la fenêtre, persuadée que Derville ne tarderait pas à venir. Puisqu'il nous a ramenées, disais-je, et après la permission qu'il a demandée à ma mère, l'usage exige qu'il vienne ce matin savoir comment nous avons passé la nuit.

Voilà des réflexions bien avancées pour une jeune personne de quinze ans! mais on sait que l'amour est un grand maître; d'ailleurs j'avais beaucoup lu de nos romans modernes.

J'attendis à-peu-près une heure, que l'impatience et le dépit me firent trouver d'une longueur insupportable ; je ne songeais pas qu'il était encore trop matin ; enfin je l'aperçus venir : quelle joie ! quelle émotion ! Ma mère n'étant pas encore levée, mon premier soin fut d'aller dire à sa femme-de-chambre de ne point l'éveiller, parce qu'elle devait être fatiguée. Derville entra comme j'achevais de prendre cette précaution, qui ne serait jamais venue dans l'idée d'une fille de mon âge, si l'amour ne la lui avait inspirée. Il me trouva dans l'anti-chambre ; j'hésitais de le recevoir chez moi, parce que je craignais les réprimandes de ma mère, dont j'aurais surement été désapprouvée : cependant je crois que le penchant l'aurait emporté sur toute autre considération, si la femme-de-chambre ne m'eût dit (fort étourdiment, comme on le verra bientôt) de faire un tour au jardin avec M. Derville, en attendant qu'il fût jour chez ma mère : cette bonne créature avait plus de politesse que de prudence.

Malgré la fraîcheur du matin, le tems serein et le soleil levant invitaient à la promenade. Je ne me doutais pas du risque que je courais : le bandeau de l'innocence était sur mes yeux, ou plutôt celui de l'amour. Nous descendîmes au jardin ; une belle salle de maronniers se présenta devant nous : Derville me conduisit par la main dans cet asile du mystère, et me fit asseoir sur un banc de gazon. Il me dit les choses les plus tendres, en baisant un million de fois l'une de mes mains, que je retirais machinalement, et lui laissais ensuite reprendre. « Je vous adore, charmante Bléville, me répétait-il ; » la tendresse que vous m'inspirez a » toute la vivacité d'une véritable » passion. Eh ! le véritable amour » croît-il par degrés ? Non, il ac- » quiert presque toute sa force, » dès le premier instant où l'on » aperçoit l'objet qu'on doit chérir » toute sa vie. » Je ne répondis que peu de chose aux discours enflammés de mon amant ; un silence éloquent nous tenait lieu par intervalles de conversation, et nous nous entendions mieux que si nous eussions beaucoup parlé : le cœur a son langage, il ne faut qu'un instant pour l'apprendre. Qu'eussions-nous pu dire qui ne fût peint dans nos yeux ? Langage charmant, tu es celui de la félicité bien sentie, et le véritable idiôme des amans timides et sincères qui atteignent au bonheur !

Derville rompit le silence délicieux que nous gardions depuis quelques instans. « Vous ne me dites » rien, Mademoiselle, s'écria-t-il » en se jetant à mes genoux ; est-» ce à l'indifférence, est-ce au mé-» pris que je dois attribuer votre » silence, et puis-je encore espérer » de vous convaincre que je ne suis » pas coupable ? Hier, un regard » sévère m'a peint tout mon mal-» heur ; l'ai-je mérité ? Croyez-» vous que je vous aurais quittée » un seul instant, si l'intérêt de » mon cœur n'eût point exigé cet » effort ? Non, adorable Bléville, » le sentiment que vous m'inspirez

» n'est pas d'un genre à ne faire
» qu'une impression passagère. C'est
» dans ce moment où j'eus besoin
» de me faire la plus grande vio-
» lence, pour ne pas vous jurer à
» genoux que je vous adorais ; c'est
» dans ce moment, dis-je, que
» vous m'avez cruellement soup-
» çonné d'indifférence. Soyez juste,
» charmante Bléville, et convenez
» que l'amour, témoin de ma sin-
» cérité et de vos soupçons odieux,
» exige une satisfaction. »

Tout cela fut prononcé avec tant de feu et de volubilité, qu'il était impossible de n'y pas reconnaître l'expression du sentiment. Je rougis; je voulus lui faire une réponse, et je ne pus m'exprimer que par des mots entrecoupés. Qu'on juge s'il me fut possible de résister à ses transports. J'ai déjà dit qu'il était à mes genoux ; l'attitude dangereuse qu'il avait prise, le trouble qu'il lut dans mes yeux lui donnèrent de la hardiesse, et la tête acheva de me tourner. Ma vertu ne parut que quelques instans, et ma faiblesse lui prouva tout mon amour. Derville, après m'avoir communiqué, par mille baisers, le feu dont il était dévoré, devint plus téméraire, et je tombai sans force entre ses bras.

Vous le savez, femmes sensibles, dont la première défaite a été le prix du véritable amour, vous savez si toutes les délices de la terre ont rien de comparable à cet état d'anéantissement ; tout devient plaisir; le moindre mouvement fait naître une nouvelle sensation qui pénètre l'ame : quels momens succèdent à ces plaisirs ! Ils sont encore plus délicieux. Oui, la sensation qui termine la volupté est elle-même un raffinement, un excès de volupté.

Une honte mal-entendue, puisqu'elle ne venait pas du repentir, me faisait tenir les yeux baissés, sachant à peine ce que j'étais devenue, et peut-être encore moins ce que j'allais devenir : jamaissituasion ne fut plus singulière et plus embarrassante que la mienne.

« O mon amie ! s'écria Derville, » vous repentez - vous d'avoir mis » le comble à la félicité de l'amant » le plus passionné et le plus sin- » cère ? — Non, cher Derville, lui » répondis-je; vivez heureux ; c'est » le vœu de mon cœur ; mon bon- » heur dépend du vôtre, vivez

» heureux ; mais que ce soit pour » m'aimer sans cesse. — Arrête, » chère amante, n'outrage pas le » plus tendre amour par le moindre » soupçon d'inconstance. » Deux baisers furent le scean de ses promesses ; le désordre de mon ajustement alluma ses desirs ; nos bouches se rapprochèrent, et nous retombâmes dans cette ivresse délicieuse qui n'est connue que des vrais amans : Derville s'emparait de mon ame et me communiquait toute la sienne.

Enfin il fallut quitter le jardin : nous rentrâmes à la maison en cachant, du mieux qu'il nous fut possible, notre satisfaction mutuelle.

Ma mère était levée ; sa femme-de-chambre avait oublié de lui dire que Derville était venu ; comme elle nous vît entrer ensemble, elle pensa que nous venions de nous rencontrer dans l'anti-chambre. Tout se passa le mieux du monde : Derville fit sa visite, et obtint de nouveau la permission de revenir quand il le voudrait : nos yeux seuls se dirent adieu bien tendrement ; mais il fallait dissimuler : l'amour me l'avait déjà appris : que n'apprend-on pas dans un instant sous un tel maître?

Plus d'un lecteur trouvera, sans doute, que pour une Agnès de quinze ans, c'est aller passablement vîte ; mais mon peu d'expérience et mon âge sont mes excuses ; je n'opposai aux efforts de mon amant aucune résistance, parce que j'ignorais la conséquence de ses entreprises, et que d'ailleurs l'émotion

que

que je ressentais me mettait hors d'état de faire la moindre réflexion. Après tout, chacun a sa manière de voir; et quant à moi, je ne me trouve pas plus coupable d'avoir terminé promptement, que si j'avais fait traîner le roman en longueur: vaut-il beaucoup mieux en effet céder peu-à peu, que de se rendre sur le champ? Dans le premier cas on suit l'étiquette de la galanterie, et dans l'autre on se livre aux conseils de la natnre, de l'amour et du desir. La saine morale dira qu'il ne faut faire ni l'un ni l'autre: je le sais; mais toujours est-il vrai, (comme j'ai eu lieu de l'observer depuis) que les plus grandes fautes, ainsi que les plus belles actions, sont ordinairement une suite presque nécessaire des circonstances, et que telle femme qui aura combattu avec avantage pendant une année entière (chose pourtant presque impossible), perdra le fruit de sa longue résistance au premier instant favorable qu'un amant adroit saura saisir. La faiblesse est si naturelle au sexe : et un homme d'esprit, aidé d'un peu de figure, est si dangereux, qu'une femme ne doit jamais trop s'appuyer sur sa prétendue vertu : la plus sage est la plus heureuse ou la plus laide, rien audelà. Cette leçon, pour sortir de la bouche d'une femme galante, n'en paraîtra pas moins vraie à quiconque voudra réfléchir. Pendant que je suis en train de moraliser, j'ajouterai que je crois aux sympathies ; et une foule d'exemples, renouvelés dix fois tous les jours, autorise mon opinion. Je suis persuadée qu'il existe une loi naturelle et générale par laquelle il est dit que chaque individu n'en doit trouver qu'un dans l'autre sexe qui lui convienne parfaitement, et que ces deux êtres une fois réunis, les rapports, les convenances mutuelles qui se rencontrent entre eux, ne leur permettent pas de rester long tems indifférens. Combien de personnes dont un quart-d'heure, dont un seul coup-d'œil a fait le destin de toute la vie? Quand deux cœurs créés l'un pour l'autre se rencontrent, ils se joignent et s'attachent, pour ainsi dire, par tous les points possibles; alors il n'y a plus de force humaine qui puisse les séparer; leurs liens semblent, au contraire, devenir plus indissolubles, par les efforts que des gens aveugl esfont pour les rompre. Oui, je le soutiens, des parens assez cruels pour s'opposer à ces inclinations rapides et violentes, qui sont ordinairement le partage des ames fortes et nées pour la tendresse, troublent l'ordre de la société, en troublant celui de la nature. Un homme aimera-t-il sa femme? une femme aimera-t-elle son mari? tous deux seront-ils bien attachés à leurs enfans, si l'autorité, la nécessité ou l'indifférence ont présidé à leur union? Et des pères de famille, vieillards imprudens, ou financeiers avares, oseront crier au désordre! n'en sont-ils pas la première cause?

Ces réflexions, pour être senties dans toute leur étendue, auraient besoin d'être mieux développées;

mais si je l'entreprenais, je me trouverais insensiblement engagée dans des raisonnemens abstraits et métaphysiques, trop profonds, sans doute, pour une femme dont la principale étude a été la coquetterie; et messieurs les Philosophes crieraient *haro* sur moi : or, comme je ne veux pas de disputes avec ces dispensateurs de la raison humaine, je reviens à mon amant, qui m'intéresse beaucoup plus que tout le reste.

Depuis le moment fortuné où j'avais découvert une nouvelle source de plaisirs dans le sein de l'amour, Derville ne me sortait plus de l'idée; huit jours s'écoulèrent sans que nous puissions nous dire un seul mot en particulier, et huit jours sont huit siècles pour de jeunes amans qui brûlent de se voir sans témoin. Mon cœur, que j'interrogeais sans cesse sur la nature de mes plaisirs passés, semblait demander de nouvelles épreuves avant de pouvoir me répondre. Enfin, un certain soir, soir funeste, soir fatal au bonheur de toute ma vie! en allant me coucher, je trouvai dans ma chambre, dont une des fenêtres avait vue sur le jardin, une pierre à laquelle était attachée une lettre; je la ramassai, sans savoir qu'elle devait causer plus de désordres que la célèbre pomme d'or; je ne dirai pas si je la lus précipitamment, j'étais fille, partant, curieuse. Voici ce qu'elle contenait:

« Chère Bléville, jugez de mon » amour par ma témérité : je suis » dans votre jardin à l'insu de tout » le monde et de vous-même. De- » puis huit jours je n'ai pu vous

» voir que devant votre maman ; je
» souffre des peines insupportables.
» Facilitez-moi les moyens de vous
» entretenir, en laissant votre fe-
» nêtre ouverte : je puis monter ai-
» sément et sans bruit. »

Cette lettre laconique avait été jetée dans ma chambre par Derville, qui savait bien que personne que moi n'y entrait dans la journée. Je me mis à la fenêtre ; il m'attendait impatiemment. Aussi-tôt qu'il m'aperçut, il me dit à demi-voix, qu'il s'était muni d'une échelle de corde. Cet expédient, dont je ne connaissais pas encore tout l'avantage, et qui, peut-être, eût évité bien des malheurs, me parut trop périlleux pour mon amant : il y avait dans le jardin une échelle fort grande que je lui conseillai d'aller prendre le plus doucement qu'il serait possible : il y courut ; et malgré sa pesanteur et son extrême longueur, il parvint, sans bruit, à la poser contre le mur. De quoi l'amour ne viendrait-il pas à bout ? Il monta dans ma chambre sans autre témoin que Diane ou la Lune, qui lui prêtait son secours. En vain aurais-je tenté de m'opposer à ses transports, jamais il ne m'eût été possible d'arrêter la fougue de ses caresses : se jeter à mes genoux, se relever, me presser sur son sein, me recouvrir d'une foule de baisers, commencer cent propos qu'il n'achevait pas, faire enfin mille extravagances, tout cela fut l'affaire d'un moment ; un mélange d'émotion, de crainte et de joie m'empêchait de parler ; nos soupirs brûlans, en se confondant, portaient dans nos veines tout le feu de l'amour. Quelle douceur voluptueuse n'éprouve pas une jeune amante qui sent battre contre son coeur le coeur d'un amant qu'elle adore? Je n'entreprendrai pas de donner l'idée de nos plaisirs; ils furent d'autant plus vifs, que depuis huit jours notre imagination nous en retraçait à tout moment l'image.

Lorsque nous eûmes payé à l'amour un premier tribut, Derville me proposa de faire lit commun le reste de la nuit, pour rêver à notre aise à quelque moyen qui pût nous donner la facilité de nous voir fréquemment tête-à-tête. L'expédient de l'échelle avait trop d'inconvéniens pour être souvent pratiqué. Je consentis à tout ce que Derville me demanda : avais-je encore quelque chose à lui refuser ? Plus il exigeait de preuves de ma tendresse, et plus j'étais enchantée..... Hélas ! notre bonheur touchait à son terme. Mon amant, en voulant fermer ma fenêtre, cassa une vitre ; la femme-de-chambre, espèce d'Argus, qui ne dormait jamais que d'un oeil, et qui couchait au-dessus de moi, éveillée par le bruit, se leva sur-le-champ, et descendit à ma chambre. Derville l'entendit approcher, souffla l'unique lumière qui nous éclairait, et regagna la fenêtre. La vieille sorcière l'aperçut à la lueur sombre de la lune : croyant voir un loup-garou, elle se sauva en heurlant de toute sa force, courut avertir ma mère qu'il y avait des revenans chez moi, et fit lever tous les domestiques de la maison, en leur racontant l'histoire miraculeuse du spectre, qui n'était rien moins qu'un esprit. Pendant tout ce vacarme, je m'étais jetée dans mon lit à moitié déshabillée. Pour Derville, il s'était allé cacher dans le jardin; ce contretems l'étourdit au point qu'il oublia d'ôter l'échelle, ce qui nous aurait probablement sauvés. Ma mère, peu frappée du récit de la Duègne crédule, ne se hâta pas beaucoup de venir, attribuant cette vision à la frayeur de sa vieille femme-de-chambre; en sorte qu'elle me donna le tems de me coiffer de nuit, et de me déshabiller entièrement. Quand elle arriva, je feignis si bien de dormir, qu'elle se retira tranquillement, sans inquiètudes, sans soupçons. Cependant la maudite Piegrièche, dont un démon, perturbateur du repos des amans, troublait sans doute la cervelle, arme intrépidement chaque domestique de torches allumées, de bâtons, de broches et de fourches, marche à leur tête droit au jardin, et leur recommande de tenir bon, en cas que le loup-garou fasse résistance. « Ne » craignez-rien, » leur disait-elle, à en leur montrant son chapelet, « avec cela je veux l'enchaîner moi» même sans qu'il puisse remuer. »

Si le hasard eût voulu qu'un chat noir ou roux se fût trouvé sur leur passage, je suis sûre que toute la troupe guerrière eût été déroutée, malgré l'exhortation pathétique du général. Notre malheureux sort en décida autrement. La première chose qu'ils

aperçurent

a perçurent fut l'échelle qui servit à confirmer que la vieille n'était pas si visionnaire qu'on se l'était imaginé : Derville, blotti contre une haie, ne pouvait manquer d'être découvert; il le fut en effet. On sauta sur lui ; on le saisit comme s'il eût été un voleur. Il prit le seul parti qu'il eût à choisir, qui était d'aller trouver ma mère. Elle n'avait pas eu le tems de se recoucher : il se jeta à ses pieds, et lui confessa que se sentant entraîné vers moi par un charme irrésistible, et voulant cependant ne me devoir qu'à moi-même, il avait cherché, avant de se déclarer à elle, à obtenir de moi un aveu, que la soumission que j'avais pour les volontés de ma mère lui aurait rendu suspect, s'il ne l'eût obtenu qu'en sa présence. Il ajouta qu'il sentait bien qu'une démarche aussi hardie et aussi peu réfléchie était impardonnable ; mais que je l'ignorais entièrement ; que c'était de sa part un de ces écarts qu'un excès d'amour occasionne, et qui tiennent de la folie, puisqu'il s'attendait bien, s'il eût pu parvenir à ma chambre, que j'aurais appelé du secours.

Quoique ces raisons fussent à-peu-près les meilleures qu'il pût donner, elles ne persuadèrent pas ma mère, qui, sans lui répondre, vint m'avertir de m'habiller promptement, et de passer chez elle. J'ignorais le détail de ce qui venait d'arriver ; mais cet ordre de ma mère ne me permit pas de douter de notre malheur. N'ayant d'autre ressource que mes larmes, je vins me précipiter dans ses bras, en lui demandant pardon : Derville eut beau me faire signe des yeux et de la main pour me faire entendre que je n'étais compromise en rien, je n'en devinai pas la signification. Mes larmes, ma confusion et mes prières découvrirent tout le mistère. Beaucoup de femmes, en pareilles circonstances, eussent maltraité leur fille. Ma mère, au contraire, ne se départit point de la douceur qui ne la quittait jamais. Eh bien! monsieur, dit-elle à Derville, vous avez violé les droits de l'amitié; que dois-je faire à présent? — Consentir à notre bonheur, lui répondit Derville : oui, chère maman, ajouta-t-il en lui prenant les mains, qu'il mouillait de ses larmes, daignez nous unir, et tout est réparé : l'aimable Bléville ne s'y opposera point. Je le desire, que mon crime soit la cause de notre bonheur commun. Vous avez une fille tendre et respectueuse; ne rejetez point un fils qui ne respirera que pour vous témoigner son amour et sa reconnaissance.

Je m'étais évanouie ; ma mère était plongée dans l'affliction ; jamais scène ne fut plus attendrissante. — Mes enfans, nous dit cette excellente mère en pleurant, qu'elle raison aviez-vous de me cacher une inclination que votre âge justifiait ; et pourquoi avez-vous craint que je ne m'opposasse à ce que vous fussiez unis? A présent le déshonneur et la honte seront les tristes suites de votre inconduite. Et c'est vous et moi, ma fille, qui en serons les malheureuses victimes.» Après avoir essuyé de semblables reproches, et vu couler beaucoup de larmes, Derville avoua à ma mère qu'il craignait quelques obstacles du côté de son père, homme dur et despotique. Il fut cependant arrêté entre nous qu'il lui ferait part du desir qu'il avait de m'épouser; et que pour peu qu'il fît difficulté d'y consentir, il lui découvrirait tout ce qui s'était passé. Nous nous persuadions que quelque ridicule que fût ce M. Derville père, il n'aurait aucune répugnance à s'allier a une famille qui n'était inférieure à la sienne en rien, et que d'ailleurs il éviterait à son fils les suites d'une affaire qui, à la rigueur, aurait pu devenir sérieuse.

L'événement ne répondit point à

notre attente : le père de Derville, vieux financier, qui n'avait jamais pesé le bonheur qu'au poids de l'or, destinait à son fils une riche héritière, et par conséquent rejeta bien loin tout projet d'alliance avec moi. Mon amant, pour le déterminer en sa faveur, ne manqua pas de lui faire l'éloge de ma famille, et de lui exagérer ma fortune. Le trouvant inflexible, malgré tout ce qu'il avait pu dire, il lui détailla avec franchise l'aventure de la veille, en observant qu'il ne pouvait y avoir aucun prétexte honnête pour se refuser à l'accomodement que ma mère proposait, qui était de nous marier, puisque, indépendamment de notre inclination mutuelle, ma fortune, ou peu s'en fallait, répondait à la sienne. Si ma mère, continua-t-il, n'obtenait pas la juste satisfaction qu'elle desirait, il se voyait dans le cas d'être poursuivi, et peut-être obligé de s'expatrier. Il ajouta, que s'il était assez infortuné pour avoir compromis l'honneur et la réputation d'une fille qu'il adorait, il aimait mieux s'exiler volontairement et aller pleurer son malheur à l'extrémité de l'univers, que de se voir exposé à des reproches dont il ne serait que trop digne, s'il était capable de contracter un autre engagement.

Ces raisons auraient sans doute fait impression sur le coeur d'un homme sensible; mais elles ne furent pas capables d'ébranler celui d'un financier dur et avare. Le langage de l'honneur et de la vertu est une offense pour une ame vile, dont l'intérêt est la seule idole. Aussi la réponse véhémente de Derville ne servit qu'à le faire entrer en fureur. Après une vive sortie contre ce qu'il appelait le libertinage de son fils, il lui jura qu'il saurait bientôt mettre ordre à sa mauvaise conduite.

Derville connaissait l'inflexibilité de son père ; sachant que rien n'était capable de le détourner d'une résolution rigoureuse, quand il croyait son autorité compromise, il forma le projet d'un enlèvement sans prévoir les conséquences fatales qui pourraient en résulter. Il ne me fit aucune part du dangereux dessein qu'il méditait.

Le vieux Derville se rendit au logis, et traita ma mère avec tant de hauteur et d'indignité, que le chagrin qu'elle en conçut la fit dès le même jour tomber sérieusement malade. La douleur qu'elle éprouvait de ma mauvaise conduite, dont elle n'était que trop certaine, l'avait bien plus cruellement affectée, que les insolens propos de l'avare et orgueilleux financier. . . . Malheureuse ! j'ai la mort de ma mère à me reprocher. Ainsi non-seulement nos passions causent notre propre infortune, elles sont encore le tourment des personnes qui nous ont donné le jour, et dont souvent elles creusent le tombeau. Que de peines je me serais épargnées, si j'avais été capable de faire à seize ans cette triste réflexion !

Lorsque Derville vint nous voir, il trouva ma mère au lit dans un état désespéré, et moi pleurant à son chevet. Il n'oublia rien pour nous consoler; les plus tendres protestations, le serment de ne jamais être à un autre qu'à moi, tout fut mis en usage.

Le lendemain de cette visite, l'extrême faiblesse de ma mère m'annonça que je n'avais plus longtems à la posséder. Derville, qui restait à la maison le plus qu'il lui était possible, s'aperçut aussi que nous allions bientôt la perdre. Comme il se douta bien qu'à la mort de la meilleure des mères, il n'aurait que des persécutions à attendre de l'auteur de ses jours, qui le ferait veiller de près, dans la crainte que me voyant libre, et en quelque façon maîtresse de disposer de moi, nous ne prissions le parti de nous marier secrètement; il jugea à propos de lui faire prendre le change. Pour cet effet, il fut le trouver avec une apparente soumission, lui fit des excuses de tout ce qui s'était passé, et le pria de lui rendre ses bonnes grâces, en lui promettant de ne plus songer à moi. Son père, dupe de cette feinte, ajouta foi à tout ce qu'il lui dit, et crut sans peine son fils capable d'une infidélité, qui m'aurait mise au désespoir, tandis qu'elle aurait comblé les voeux de l'inflexible vieillard.

Cependant ma mère, dont la maladie augmentait à toute heure, mourut dans mes bras le jour suivant, en me laissant accablée du regret de perdre la meilleure des mères et la plus tendre amie. Sa mort aurait été suivie de la mienne, si l'amour ne m'eût étourdie sur mon malheur. Cette chère et funeste passion ne m'aveugla pas toutefois sur la perte que je venais de faire ; mais elle servit à modérer mon désespoir : au milieu de ma tristesse, il m'arrivait de songer à mon amant, et le chagrin que j'éprouvais devenait moins vif. Si le coeur humain ne tenait qu'à une seule passion, nous serions tous parfaitement heureux ou malheureux, selon la nature de l'objet dont nous serions affectés. Mais une ame sensible, ouverte à mille passions différentes, et continuellement en proie à la joie, à la douleur, à l'espérance, à la crainte, et à tous les mouvemens tumultueux que lui communiquent en même-tems les situations agréables ou douloureuses dans lesquelles elle se trouve, nous fait passer tour-à-tour d'un état d'agitation, à un autre encore plus orageux ; le calme nous conduit souvent à la plus violente tempête. Notre ame ressemble à une mer impétueuse, qui tourmente et mine son propre rivage. En résulte-t-il pour nous un bien ou un mal ? c'est ce que je ne déciderai pas J'observerai seulement que je penche à croire que tout est arrangé pour le mieux. L'excès du bonheur ne peut pas durer toujours ici-bas, et l'excès du malheur est souvent au-dessus de nos forces ; l'état moyen est le plus desirable.

Ma mère, avant de mourir, avait instruit de tout ce qui s'était passé un de mes oncles, que son droit d'aînesse sur les autres autorisait à devenir mon tuteur, et qui logeait dans notre maison. Mon amant alla le trouver : ils convinrent ensemble que pour forcer l'intraitable vieillard à consentir à notre mariage, mon oncle le menacerait de faire à son fils un procès criminel, en l'accusant de séduction et de rapt prémédité, quoiqu'il eût été sans effet. Mais les délais nécessaires pour l'exécution de ce projet, et l'incertitude de la réussite ne s'accordant pas avec la fougue du jeune Derville, il trouva l'instant de m'attirer en particulier, et de me dire, qu'étant pourvu d'une somme d'argent assez considérable, il ne tenait qu'à moi d'aller vivre ensemble heureux et tranquilles en Angleterre, où il avait des connaissances : qu'arrivés à Londres, il ferait en sorte d'y trouver quelqu'emploi ; que nous nous y marierions; enfin que c'était l'unique ressource que nous laissait l'opiniâtreté de son père, et le seul moyen de nous conserver l'un à l'autre.

L'idée de devenir l'épouse de mon cher Derville, le feu de son discours, la candeur et l'air de bonne foi qui se peignaient dans ses yeux, me firent passer sur toutes les considérations. Je ne lui fis aucune observation ; je le serrai dans mes bras, en lui jurant que la perspective de l'infortune ne m'effraierait jamais tant que nous serions ensemble, et je lui promis d'être dès le lendemain à sept heures du soir prête à partir, sans autres effets qu'un peu de linge à mon usage, Derville m'assurant avoir de quoi fournir à tout ce qu'il nous faudrait pendant le voyage, car l'avenir n'était rien pour nous : entièrement occupés de l'instant présent, notre vue ne s'étendait pas plus loin. Nous nous embrassâmes, et il courut se mettre en état d'accomplir son projet, après m'avoir fait promettre que rien ne me ferait changer de résolution.

Le lendemain tout fut exécuté comme nous l'avions résolu J'étais à la fenêtre avant l'heure indiquée : à peine sept heures sonnèrent que je l'aperçus ; il me fit signe de descendre. Quoique je fusse toute tremblante, et même étourdie par la crainte, je trouvai facilement le moyen de m'échapper. Mon trouble augmenta à la vue de mon oncle, que je rencontrai à deux pas de ma chambre, et qui, n'ayant aucun soupçon de mon projet, me laissa passer sans obstacle. J'étais si tremblante, que je fus prête de me jeter à ses genoux et de lui demander pardon, croyant qu'il devinait mon dessein. Heureusement qu'il s'éloigna sans me rien dire, ce qui me fit reprendre courage. Je sortis de la maison, tenant mon petit paquet sous le bras gauche; Derville s'empara de l'autre avec promptitude aussi-tôt que je l'eus joint, comme s'il eût craint que je lui échappasse, et me conduisit à pied environ cinquante pas; je trouvai une chaise de poste qui nous attendait; nous y fûmes bientôt arrangés, et un postillon nous éloigna de Paris avec toute la rapidité possible. Pressés l'un contre l'autre, ne voyant que nous seuls dans l'univers, nous nous abandonnâmes à la fortune, qui malheureusement est femelle, et partant inconséquente.

La nuit nous couvrait déjà de son ombre; nous n'étions éclairés que par le flambeau de l'amour, et peut-être par celui de la raison; car enfin Derville m'aimait, je l'aimais; n'étions-nous pas plus excusables de chercher à nous unir, qu'un père barbare ne l'était de vouloir nous séparer, pour nous rendre malheureux à jamais?

Telles étaient à-peu-près les réflexions que mon amant me faisait faire en chemin, et que j'étais bien éloignée de ne pas trouver justes. Sa tranquillité, et la douce satisfaction que je lisais sur son visage, dissipèrent en peu de tems ma tristesse et mes craintes.

Si nous eussions fait un long

voyage, j'aurais sans doute des aventures extraordinaires à raconter au lecteur; car la singularité suit toujours les amans en route: mais je n'eus pas même le tems d'apprendre comment Derville avait pu former un aussi hardi projet, et l'exécuter dans le peu de momens qu'il y avait employés: à peine avions-nous couru deux heures, qu'une soupente de la chaise rompit, ce qui nous força de descendre. Le tems qu'il fallut pour rémédier à cet inconvénient, nous parut un siècle entier. Enfin nous allions nous remettre en route, lorsque nous vîmes une foule de gens à cheval qui s'avançaient vers nous, en criant: Ce sont eux! La voix de mon oncle, et sur-tout celle du père de Derville, qu'on entendait par-dessus les autres, nous fit connaître trop tard que nos mesures avaient été mal prises, et qu'il serait inutile de songer à se défendre. On se saisit de nous sans peine. En vain mon amant protesta qu'il allait se donner la mort, si l'on nous séparait ; on se contenta de lui en ôter les moyens, en le garrottant comme un scélérat. Les cruels furent sourds à mes cris et insensibles à mes larmes. Je finis par perdre tout-à-fait connaissance, et je n'ouvris les yeux que lorsqu'il fut question de descendre d'une voiture, où je fus étonnée de me trouver. Je me vis dans ma chambre, sans savoir à peine de qu'elle manière j'y étais venue.

Depuis ce moment je fus veillée avec attention, et mise au couvent peu de jours après, sans qu'on daignât m'instruire ni comment nous avions été découverts, ni ce qu'était devenu mon amant.

Ici la scène change : ce n'est plus le plaisir de me voir entre les bras de mon cher Derville qui me fait tressaillir, c'est la rage de me trouver éloignée de lui, et d'être séquestrée au fond d'un cloître odieux, en proie à la douleur et aux regrets, ne pensant nuit et jour qu'à l'instant fatal qui nous avait séparés, accusant le ciel et la terre de la mauvaise réussite de notre entreprise. Car c'est la folie des jeunes amans, de croire tout intéressé dans leur passion, et de s'en prendre à tout le monde lorsqu'ils sont malheureux.

La prieure vint me consoler : elle me promit qu'on aurait pour moi tous les égards possibles, et me dit mille choses obligeantes. Mais, hélas! quel dédommagement! A peine faisais-je attention à ce qu'elle me disait : je n'aspirais qu'après la solitude. Mon coeur, privé de tout ce qu'il aimait, se révoltait contre les obstacles qu'on lui opposait. Tout ce qui m'approchait me paraissait insupportable. Quoi! me disais-je, je ramperais sous des religieuses, moi, à qui l'homme du monde le plus aimable aurait voulu offrir un trône! Mes plaintes finissaient par des soupirs et des sanglots, suivis de ces mots ou d'autres à-peu-près semblables : — Cher amant, où es-tu? que fais-tu? peut-être aussi malheureux que moi, mais moins tendre, tu détestes à présent celle qui cause tes infortunes ! Ah ! si je le croyais. . . Mais non, cher Derville, ce doute t'outrage ; tu m'aimes encore ; la captivité où te retient un père barbare, t'empêche de me le prouver. Puis je pleurais des heures entières, ce qui me soulageait du poids affreux dont j'étais oppressée. Les larmes sont un baume pour les amans au désespoir.

Je restai long-tems dans cet état de détresse, achetant au centuple, par la douleur la plus amère, le peu de momens heureux que l'amour m'avait donnés : et comblant de malédictions le cruel financier, à qui j'imputais tout mon malheur. Cependant j'avais peine à concevoir pourquoi je ne recevais aucune nouvelle de Derville. J'avais lu dans les romans tous les stratagêmes qu'on pouvait mettre en usage pour faire parvenir des lettres, et même pour s'introduire dans un couvent. Que la situation du mien aurait été favorable à un amant téméraire! les murs du jardin, par le peu de hauteur qu'ils avaient, n'étaient pas difficiles à franchir. Chaque jour qui s'écoulait sans que j'entendisse parler de mon amant, ajoutait à mes peines, en justifiant mes soupçons.

La prieure, femme d'esprit, pieuse par sentiment, sans petitesse, sans affectation, et qui mérite à tous égards plus de louanges que je ne suis en état de lui en donner, eut assez de complaisance pour oublier la façon dédaigneuse

avec

avec laquelle j'avais reçu ses visites et ses conseils ; et ne voyant dans ma manière d'agir que des mouvemens convulsifs d'un coeur que la douleur avait ulcéré, elle parvint, par sa douceur, à me faire rougir de mes torts envers elle. La première chose qu'elle obtint de moi, fut que je recevrais les leçons d'un maître de musique, que mon oncle m'avait envoyé, et que j'avais refusé. Ensuite elle mit auprès de moi une religieuse, à qui elle me recommanda. Celle qu'elle m'avait choisie pour compagne et pour consolatrice, était une grande fille, aussi belle qu'on peut l'être, avec une extrême pâleur, âgée d'environ vingt ans, qui avait l'esprit vif et beaucoup de douceur. Cette aimable personne ne contribua pas peu à calmer mon chagrin ; insensiblement je lui donnai toute ma confiance, et elle en prit en moi une si grande, qu'elle me fit le récit sincère de ses aventures, que je vais rapporter en peu de mots.

La soeur Marthe (c'est le nom qu'elle avait au couvent) était d'une famille distinguée dans le militaire. Son père, dans le dessein d'assurer une fortune considérable à son fils aîné, la pressa d'embrasser la vie religieuse dès l'âge de seize ans ; mais, outre que cet état n'était pas de son goût, elle aimait un jeune officier qui n'avait pas soupiré pour elle plus inutilement que Derville ne l'avait fait pour moi, et que son bonheur n'avait pas rendu infidèle (chose assez rare !) L'amant, qui portait quelqu'ombrage au frère de Marthe, et qui par conséquent s'était attiré sa haine, ne pouvant plus voir sa maîtresse qu'en secret, lui proposa de l'enlever. Mais, soit par prudence, ou faute de résolution, elle n'y voulut pas consentir. Dans ces entrefaites, son cher officier fut tué d'une chute de cheval, et la pauvre Marthe, moitié par douleur, moitié par force, fut victime de l'intérêt, et sacrifiée à l'ambition d'un frère assez dénaturé pour établir sa fortune au prix de la liberté de sa soeur.

La sympathie de nos humeurs, la conformité de nos aventures, et les douceurs d'une confidence mutuelle nous lièrent si étroitement, que nous ne pouvions plus nous quitter. L'amitié est aussi nécessaire aux personnes tendres, que les douceurs de l'amour. Rieu ne soulage tant que de confier ses peines à une amie, surtout à une amie malheureuse; il n'y a que de la douleur à pleurer seule, et l'on trouve une sorte de plaisir à s'affliger deux. Nous sentîmes si bien cette vérité, Marthe et moi, qu'elle me dévoila tout ce qui se passait de mystérieux dans l'intérieur de notre cloître, maison sainte en apparence, et que nous n'eûmes plus de secrets l'une pour l'autre : je n'en aurais pas davantage pour mes lecteurs, si cela m'était permis. Ah! combien d'inconvéniens résultent d'un célibat involontaire!....

Marthe étaut venue à bout de dissiper presqu'entièrement mon chagrin, me tint un soir ce propos singulier, qui fut la suite d'une conversation assez libre que nous avions eue ensemble.

« Ecoute, ma belle pleureuse (nom » qu'elle me donnait communément: » malgré tous les sermons et toutes » les grand'mères de l'univers, il » n'y a pas une seule fille de notre » âge qui n'ait aimé, et qui n'ait » desiré d'être aimée; on a beau » nous prêcher, la voix du coeur est » celle que nous écoutons préféra- » blement, parce qu'elle nous sé- » duit; l'amour est le voeu de la » nature; c'est un tribut que tous » les coeurs doivent payer, les uns » plus, les autres moins, selon la » dose de sensibilité que chacun » a reçue. Tu ne te doutes pas en- » core où tend ce beau discours? » Le voici, ma chère: nous sommes » toutes deux du nombre de celles

» que la nature a pourvues de pas-
» sions vives ; nous en avons subi
» le joug ; mais notre condition
» présente semble nous prescrire de
» les surmonter. C'est-là toute mon
» étude depuis que je suis engagée.
» J'ai pris pour cela des biais que
» je veux te communiquer. — En
» vérité ma soeur, lui dis-je fort
» étonnée, je ne sais où vous en
» voulez venir ! » Cependant la curiosité l'emporta sur certaines répugnances....

La conséquence que j'ai tirée dans la suite de cette conversation singulière, et des nouveaux plaisirs qu'elle me fit goûter, un peu moins délicieux que ceux dont ils ne sont qu'une image imparfaite, c'est qu'il n'y a point de bonheur ni de vertu dans ces états prétendus plus parfaits, réprouvés par la nature, et que les malheureuses victimes n'y ont point de repos à espérer.

Malgré les amusemens agréables et dangereux que la soeur m'avait appris, je m'aperçus de jour en jour que la compagnie de Marthe ne remplissait pas tout-à-fait le vide de mon coeur : une compagne n'est pas tout ce qu'il faut à une fille de dix-neuf ans, dont l'ame sensible a déjà senti l'amorce du plaisir. Je renonçai donc à cette faible peinture du bonheur, jusqu'à ce que le sort y pourvût. Bientôt l'exemple de Marthe me détermina à prendre un parti.

Avant de présenter au lecteur le successeur de Derville, je devrais insérer ici une bonne fortune de

Marthe, dont je fus témoin; nos chambres n'étant séparées que par une légère cloison, percée de tous côtés : mais les mêmes raisons qui m'ont fait supprimer une grande partie de la conversation précédente, m'obligent à retrancher ce nouveau trait. Si j'en parle, c'est pour nuancer la progression du changement de mes dispositions, qui, sans cela paraîtrait trop brusque.

Mon seul amusement était la musique, qu'on me faisait apprendre. Celui qui m'en donnait des leçons avait un fils d'une figure très intéressante. Ce jeune homme me rendait de fréquentes visites; et je ne tardai pas à m'apercevoir que j'avais fait une vive impression sur son coeur. Mais il se contentait de me regarder tendrement, lorqu'il accompagnait son père au parloir. S'il y venait seul, ou il me parlait de choses indifférentes, ou il soupirait sans oser me rien dire. J'attribuais son silence à sa timidité et à la présence de Marthe, qui ne me quittait presque jamais. Je n'aurais pas été fâchée qu'il fût devenu un peu plus hardi: je sentis bientôt qu'il m'inspirait le plus tendre intérêt. Je confiai mon trouble secret à Marthe, et je fus un peu honteuse de la voir éclater de rire. Après qu'elle eut assez joui de mon embarras, elle me parla de la sorte :

« Crois-tu de bonne foi que j'ai ignoré jusqu'à présent ce qui se passe dans ton coeur et dans celui de l'objet de ta tendresse ? Non, ma chère, il y a plus d'un mois que je sais votre secret à l'un et à l'autre :

j'ai deviné ton penchant, et Trénel m'a fait confidence du sien ; si j'ai tardé à t'en faire part, c'est que j'ai voulu te punir de ta discrétion. A présent que tu t'avoues vaincue, et que tu me fais ta confidente, apprends qu'il est aussi amoureux qu'il est aimable : c'est à toi à décider maintenant si tu veux le rendre malheureux ou faire la cruelle. Il me sera facile de vous procurer l'occasion de vous voir, sans que vos entretiens soient troublés. Il peut escalader les murs du jardin, et tu goûteras le plaisir de passer quelques instans avec lui, aux heures où les religieuses se retireront dans leurs cellules : je t'accompagnerai pour la bienséance.

Je sautai au cou de ma chère Marthe, et la remerciai avec tranport des nouvelles marques d'amitié qu'elle voulait me donner. Quelques jours après Trénel fut averti de ce qu'il devait faire ; j'eus la satisfaction de le rencontrer dans le jardin à l'entrée de la nuit. Il me jura de m'aimer toute sa vie ; nous goûtâmes dans l'épanchement mutuel de nos coeurs des plaisirs dont les vrais amans peuvent seuls se former une idée.

Trénel avait la perspective de jouir, à la mort de son père, d'une fortune assez honnête ; il promettait de la partager avec moi ; ma famille ne se serait point opposée à notre union, quand un malheur imprévu nous sépara pour toujours.

Un mois s'était écoulé dans une sécurité parfaite : mais un soir que nous avions prolongé notre entretien fort tard, tandis que l'obligeante Marthe faisait le guet, et avait aussi ses consolations particulières, deux pensionnaires descendirent au jardin, je ne sais par quel motif: mon amie les aperçut, et accourut nous en avertir. Tandis que l'amant de Marthe s'évadait adroitement, Trénel se hâta de s'éloigner, et en sautant la muraille avec trop de précipitation, il se laissa tomber et se cassa la cuisse. J'appris le lendemain par son père ce triste accident, et quelques jours après je fus informée de sa mort.

Il est inutile de décrire la douleur que je ressentis. J'en tombai malade, et j'aurais succombé à mes chagrins, sans les exhortations et les sages conseils de ma chère Marthe,

Marthe, qui, partageant toutes mes peines, parvint enfin à les adoucir.

Mais la solitude du cloître me devint insupportable, quoique j'y goûtasse les charmes de l'amitié. Eh! qu'ils sont faibles en comparaison de ceux de l'amour! j'avais trouvé, dans beaucoup de romans, plusieurs exemples de pensionnaires enlevées de leur couvent, toujours par des hommes fidelles qui finissaient par les épouser; et rien n'est si dangereux que l'exemple, sur-tout lorsque le coeur est préoccupé. Peut-être aurais-je cherché à me faire aussi enlever, si dans le tems que toutes ces idées romanesques me passaient par la tête, mon oncle ne m'avait fait annoncer qu'il viendrait le lendemain me présenter le jeune homme que ma famille me destinait pour époux, avec ordre de me tenir prête à le bien recevoir.

Un ton aussi absolu ne s'accordant pas avec ma résolution de choisir librement, je me proposai de refuser le parti qui se présentait, quelqu'avantageux qu'il fût. Mais Marthe qui, comme toutes les jeunes religieuses, aurait préféré l'enfer à son couvent, me conseilla de ne pas résister à mes parens, de peur que, de concert, ils ne me forçassent à garder le cloître jusqu'à vingt-cinq ans. — « L'homme le plus maussade, me dit-elle, un vieillard cacochyme, pourvu qu'il soit ton mari, te donnera la liberté de vivre à ta fantaisie. Peut-être ne l'aimeras-tu pas autant que tu aimais Derville ou Trénel ; qu'importe? tu seras femme et libre. Que sais-tu, d'ailleurs, si le mari qu'on te destine n'a pas encore plus de mérite que les deux amans qui l'ont précédé? Le premier est infidelle ou mort; l'autre est perdu à jamais pour toi. Crois-moi donc, ma chère, saisis l'occasion d'être promptement heureuse, puisqu'elle se présente d'elle-même; une fois échappée, tu ne la retrouveras plus, et tes regrets seront inutiles. Ton prétendu fût-il un vrai magot, prends-le; l'habitude de vivre avec lui te fera parvenir à l'aimer, ou du moins à souffrir ses caresses. »

Cette dernière réflexion n'était sûrement pas la meilleure. La bonne fille ignorait qu'aujourd'hui le mariage est une simple convention entre deux personnes de s'aimer pendant quelques jours, et de vivre ensuite ensemble comme s'ils se connaissaient à peine. La méthode usitée dans la plupart des ménages, consiste du côté du mari, à oublier le titre ennuyeux d'époux, et à laisser madame absolument libre chez elle. Par reconnaissance et par goût, la femme ne songe qu'à fermer les yeux sur tous les petits soupers qu'il plaît à monsieur de donner dans quelque maison de campagne, et où elle n'est jamais appelée, et se livre à tous les travers qui peuvent flatter ses caprices; en sorte que la sotte gêne, et la jalousie ridicule étant une fois bannies du commerce des deux époux, chaque appartement est un temple où président l'amour (non pas conjugal), la liberté, les plaisirs et la douce volupté. Voilà le systême des alliances de nos jours : quel honneur des expédiens aussi commodes ne font-ils pas à la philosophie moderne ? Mais revenons à ce qui me concerne ; car les longues digressions ne sont pas du goût de tout le monde.

Je n'avais pas plus d'expérience que Marthe ; ses raisons me déterminèrent à me laisser marier. Je reçus le lendemain la visite de mon oncle, accompagné de mon futur et de sa mère. On tint tous les sots propos d'usage ; à chaque grave question que l'on me faisait, mon oncle me servait d'interprète, de manière que les paroles furent données et reçues de part et d'autre, sans que ceux pour lesquels on traitait eussent proféré un seul mot.

Ma future belle-mère me demanda mon agrément pour que son fils pût venir me faire sa cour, et mon très-cher oncle l'accorda pour moi, sans attendre ma réponse. C'est cependant lorsqu'il est question de l'affaire la plus importante de la vie, que des parens prennent sur eux d'en agir aussi légérement, et qu'ils font à peine les frais de consulter les parties intéressées. Tout ce que cette tyrannie a de révoltant a été répété mille fois ; mais l'on ne peut, quoique sans succès, s'empêcher de s'élever tous les jours contre un abus aussi barbare de l'autorité des parens.

Quoique le jeune homme qu'on m'avait amené fut d'une figure agréable, le silence obstiné qu'il avait gardé lors de l'entrevue, ne me prévint pas en sa faveur : j'avais même fort envie de déclarer ma répugnance, lorsque je reçus sa visite le jour suivant. Après les premiers complimens, il me tint, avec un air de bonne foi, le singulier discours que je vais rapporter, et qui était bien réfléchi, comme on le verra par le suite :

« — Je sais, mademoiselle, que votre coeur a éprouvé les atteintes d'une passion violente ; votre première inclination m'est connue ; vous avez aimé enfin, et peut-être est-il possible qu'il vous en soit resté un vif ressouvenir. Dans ces circonstances un homme qui se présente pour prétendre à votre main, joue un rôle difficile, et ne doit pas se flatter de gagner à la comparaison, parce qu'on tient toujours fortement à un premier choix. C'est ce qui m'engage à ne pas me rendre ridicule auprès de vous, en venant jouer la belle passion. Au contraire, mademoiselle, je me suis proposé de vous parler avec franchise; je vous en demande la permission, ayant à vous entretenir sur une matière qui nous intéresse également tous deux. »

Je lui répondis que j'étais disposée à l'entendre, et il continua.

« — Si mon coeur était fait pour aimer sérieusement, personne n'aurait eu plus que vous, mademoiselle, le talent de me fixer; mais je dois vous avouer que jusqu'à présent je ne me suis pas connu susceptible d'un long attachement. Nos familles d'accord sur les formules d'intérêt, paraissent avoir concerté une alliance entre nous, et même c'est une affaire qu'elles tiennent pour conclue : obéissons-leur, soyons unis ; faisons-nous un mérite de notre soumission aveugle, mais en même-tems, sachons être heureux autant qu'il dépendra de nous. Pour y parvenir, voici mes idées, que je soumets à votre décision. Nous serons mariés aussitôt qu'il plaira à nos familles, et je ferai bien volontiers avec vous, mademoiselle, l'essai d'un amour constant : mais si l'astre malin qui a présidé à ma naissance, ne me permet pas, malgré ma bonne volonté, de m'attacher à vous, chose dont je ne puis répondre, ou si vous vous ennuyez la première d'une passion trop uniforme, alors, en reprenant ma liberté, je vous rends la vôtre; nous ne serons plus qu'amis, si vous le voulez. Nous pourrons, en logeant dans une même maison, nous voir aussi peu qu'il nous plaira, et recevoir chacun chez nous nos amis particuliers et communs. De ce commerce libre et tout-à-fait indépendant, doit nécessairement naître la paix et probablement l'amitié. Si par intervalle quelques mouvemens d'amour nous rapprochent, tant mieux, pourvu que cela n'aille pas jusqu'à l'importunité; car le principe dont nous ne devons pas nous écarter, c'est que le plaisir est l'ennemi juré de la gêne, et qu'on ne parvient jamais à les réunir. Au reste, les égards, les soins, les services mutuels, tout cela fera partie de nos conventions. Nos fortunes étant à-peu-près égales, chacun jouira de la sienne, sans avoir aucun compte à rendre. Enfin nous pourrons être alternativement, et suivant les circonstances, tendres époux, bons amis, simples connaissances, ou tout-à-fait étrangers, et cela pour notre commodité réciproque, et pour le plus grand bien de la société. Certainement nous y gagnerons tous les deux; l'expérience vous prouvera que pour vivre heureuses et tranquilles, presque toutes les personnes mariées auraient dû prendre ce parti. Pesez bien ces considérations, mademoiselle, et si cet arrangement n'entre pas dans vos vues, rompons, ne nous marions pas; empêchons nos parens d'aller plus avant; car je suis trop honnête homme pour vous jurer une constance à l'épreuve du tems, lorsque je ne suis pas certain de pouvoir vous tenir parole. »

Cette proposition singulière, étonnante même, pouvait être considérée sous différentes faces ; si d'un côté elle était peu satisfaisante pour l'amour-propre, de l'autre elle annonçait une franchise rare, et d'autant plus vraisemblable, que ce mariage paraissait plutôt l'ouvrage de nos familles que le nôtre.

J'hésitai quelque tems à répondre, et pendant cet intervalle de silence que M. de Vilfranc n'interrompit pas, je tâchai d'imaginer ce que toute autre aurait fait à ma place ; il me semblait dans l'ordre des bienséances de le congédier avec mépris

mépris, et cependant je pris le parti tout contraire.

« — Monsieur, lui dis-je, si l'ordre de mes parens est absolu, je me déterminerai sans répugnance à obéir, quoique la connaissance que j'ai de votre personne et de vos sentimens soit bien imparfaite, ce qui m'autoriserait à obtenir un délai. Mais, comme dans la malheureuse position où je me trouve, ce délai ne me serait accordé qu'à titre de grâce, et que je rougirais d'en devoir une seule à des parens qui m'ont séparé de ce que j'aimais, et qui me tiennent dans un esclavage odieux depuis plusieurs années, j'accepte votre proposition à la lettre; c'est-à dire, sous la promesse que vous me faites, qu'au cas de mésintelligence entre nous, vous me laisserez l'usage de mon bien et liberté entière.

« — Oui, mademoiselle, aux conditions que j'ai dites, que la loi sera égale et la liberté réciproque, sans qu'aucun des deux soit exposé aux plaintes de l'autre.

« — Vous m'en donnez votre parole d'honneur?

« — Je m'y engage avec joie.

« — Il ne sera question d'aucuns reproches au sujet de ma première inclination, puisque vous en êtes instruit?

« — D'aucuns, vous dis-je, mademoiselle : pouvez-vous détruire le passé? Eh! quel droit avais je autrefois sur votre coeur? N'étiez-vous pas maitresse d'en disposer avant de m'avoir connu? D'ailleurs la nature en refusant à mon ame le prétendu plaisir d'aimer jusqu'à la folie, m'a préservé des préjugés puériles qu'on attache communément au bonheur de faire éclore les premiers soupirs d'une amante.

« — Quoi, monsieur! sérieusement, vous ne vous souciez pas d'un coeur neuf?

« — Peut-être, mademoiselle, est-ce parce que le vôtre ne l'est plus.

« — Je ne cherche pas un compliment.

« — Aussi n'en est-ce point un, mademoiselle; je commence à m'apercevoir que *je suis invaincu; mais non pas invincible.*

« — Je ne me croyais pas capable d'un pareil prodige.

« — Le prodige est grand, je l'avoue; car l'indifférence faisait partie de mon systême : mais en y renonçant je pourrai goûter un plaisir de plus, celui d'aimer sincèrement. Quant à la constance, c'est une autre affaire ; puisque vous avez su me rendre sensible malgré moi, il ne vous sera surement pas plus impossible de me fixer ; mais j'aime mieux l'être sans le promettre, que de promettre sans tenir parole.

« — Soit, monsieur, j'accepte l'augure. Au reste, quoi qu'il arrive par la suite, je crois, comme vous, qu'il vaut mieux vivre tranquiles et indifférens, que se tourmenter mutuellement, sous prétexte de s'adorer. »

L'homme peu gênant qui m'était destiné, prit congé de moi, en m'assurant qu'il allait hâter l'instant de notre mariage; et je le quittai assez satisfaite.

Pouvais-je deviner que cette apparence de sincérité fût une ruse imaginée à loisir pour me faire tomber dans ses piéges, et concertée avec mon oncle, qui m'avait dépeinte comme ayant l'humeur fière, et un coeur idolâtre de la liberté?

Marthe vit d'abord à ma gaîté que la visite de M. de Vilfranc ne m'avait point été désagréable, et que j'avais profité de ses leçons. En effet, le plaisir d'avoir commencé à rendre sensible un homme qui se faisait honneur de son indifférence, et sur-tout l'agréable perspective d'une prochaine liberté, avaient fait sur mon coeur une impression assez vive. D'ailleurs,

M. de Vilfranc, était un fort aimable cavalier ; sa taille était au-dessus de la médiocre, son teint un peu brun, mais frais, et ses dents belles. Il avait l'abord aisé et prévenant : je n'avais, à la vérité, d'autre idée de son esprit, que celle que m'en avait donné l'entretien que je viens de rapporter ; mais comme depuis ce jour ses visites furent fréquentes, j'eus occasion de m'apercevoir qu'il n'en manquait pas.

Lorsque toutes les affaires d'intérêt furent réglées entre nos deux familles, je sortis de mon couvent, sans autre regret que celui de quitter Marthe, à qui cette séparation fut extrêmement sensible. Nous nous fîmes les adieux les plus tendres, et je lui promis de venir la voir très-souvent.

Au bout de quelques jours, je fus mariée. La joie et les plaisirs présidèrent à mes noces. Mais mon bonheur s'évanouit comme un songe. M. de Vilfranc se vit à peine assuré de moi, qu'il refusa de se soumettre à la loi qu'il avait dictée lui-même, et commença à parler en maître, et en maître jaloux. Je ne pouvais faire un pas, une seule démarche, et pas même aller à l'église, qu'il ne prétendît m'accompagner. Ce début m'effraya: je n'avais encore aucune raison particulière pour deviner la surprise qu'il m'avait faite; mais, comme je l'avais épousé plutôt par convenance que par goût, je me lassai bientôt de ses assiduités importunes. Quand je lui rappelai ses engagemens, il ne m'écouta pas.

Déjà les suites de sa jalousie me faisaient trembler, lorsqu'une scène tragique me rendît à mon premier état.

Un matin que j'étais encore au lit, on apporta une lettre à mon adresse : le domestique qui la reçut vint me la remettre en présence de M. de Vilfranc. Je reconnus l'écriture de Derville. Aussi-tôt j'affectai de la mettre indifféremment sous mon oreiller, en disant qu'elle était d'une compagne de couvent. Quoiqu'on prétende que la dissimulation soit l'art favori des femmes, je ne pus cependant si bien composer mon extérieur, que M. de Vilfranc ne s'aperçut de mon émotion. Il demanda à voir la lettre; je le refusai; il s'obstina : j'eus beau protester que cette façon d'agir n'était pas celle d'un galant homme, et que ce n'était point du tout là ce qu'il m'avait promis, il s'en empara de force, et la lut avant moi. Comme je l'ai encore en ma possession, je vais la transcrire ici.

« J'apprends, madame, que vous êtes l'épouse d'un traître qui a indignement abusé de ma confiance pour me porter le coup le plus sensible. Ne serais je pas fondé à vous accabler de reproches? Non, j'aime mieux croire que vous avez été trompée, que de vous soupçonner infidelle et parjure. Est-ce le fruit que je devais me promettre de ma constance et de mes malheurs? . . . Qu'importe; je saurai mettre fin à ma cruelle destinée. Mais malheur au scélérat qui m'a trahi! je ne le connais pas pour votre époux ; c'est un monstre qu'il faut étouffer .... Adieu, madame, plaignez au moins les infortunes d'un homme dont vous avez empoisonné la vie. »

M. de Vilfranc pâlit à la lecture de cette lettre. La colère dont je le voyais saisi, ne m'annonçait que trop l'impression qu'elle devait avoir faite sur lui. Il dissimula cependant, et ne voulut pas me la montrer. Il se contenta de me dire qu'elle était d'un jeune fou enfermé à Saint-Yon, et qu'il avait eu occasion de voir en passant par Rouen, qui le félicitait de son mariage, et que c'était par erreur qu'elle était à mon adresse. Je feignis de le croire, et de m'être trompée. M. de Vilfranc sortit bientôt après, et eut la maladresse de laisser la lettre dans la poche de sa robe-de-chambre ; en sorte que j'eus tout le loisir de m'en emparer et de la lire. Sans doute qu'il crut l'avoir perdue, ou qu'il n'y songea plus, car il ne m'en parla jamais.

La connaissance que j'avais du caractère fier et impétueux de Derville, me fit craindre les idées de vengeance qui éclataient dans sa lettre. Je savais qu'une exécution prompte suivait toujours ses projets : je me déterminai à lui faire cette réponse :

« Le sort cruel qui n'a cessé de me poursuivre, met enfin le comble à mes malheurs. Quoi ! cher Derville, vous vivez, et vous ne m'avez point oubliée ? Dieux ! que ne m'avez-vous écrit plutôt ! jamais l'homme dont je porte le nom n'aurait été mon époux. Hélas! il l'est, et me le fait déjà sentir. Cependant, mon très-cher Derville, si une femme qui a eu des droits sur votre coeur, peut encore en prétendre à votre pitié, n'ajoutez pas au chagrin qui me tue, en nourrissant des projets de vengeance : mon devoir m'attache à l'homme contre lequel vous conspirez, et mon coeur m'entraine vers vous. Quelle situation! pour comble de malheur, il faut que je vous cache, et que je me cache à moi-même, s'il se peut, les mouvemens d'un coeur qui s'élance encore vers ce qu'il aime .... Adieu, cher Derville ; jetez les yeux sur le sort de la pauvre Bléville, toutes les fois que vous vous croirez malheureux,

et

et jugez qui de vous ou de moi mérite plus de pitié »

Je fis partir cette lettre à l'adresse de Derville à Saint-Yon ; mais il ne la reçut pas, n'y étant plus alors.

Les procédés de M. de Vilfranc me le rendaient tous les jours plus odieux : je ne voyais plus en lui qu'un traître qui avait feint de se prêter à mes faiblesses, pour me tromper plus sûrement, et je méditais quelque prétexte de séparation : Derville m'en évita la peine.

Il y avait cinq à six jours que l'aventure de la lettre était passée, et qu'il régnait entre M. de Vilfranc et moi, une division continuelle, ou plutôt une guerre ouverte, lorsqu'un matin, pendant son absence, un de mes domestiques vint me dire qu'un homme à cheval me demandait, et voulait me dire un mot en particulier. Je donnai ordre de le faire entrer.... Quelle surprise! Derville déguisé en postillon se précipite au-devant de moi.

« Je n'ai pas un instant à perdre, madame, me dit-il, écoutez-moi sans m'interrompre. Mon père, en me séparant de vous, m'a fait enfermer à Saint-Yon, où j'ai connu votre mari qui y était depuis un an; la cause de sa disgrâce était une bassesse; il avait déshonoré une fille de famille, qu'il refusait d'épouser; ses parens indignés obtinrent des ordres pour le faire enfermer. J'appris après son départ ces détails, qu'il m'avait déguisés. Son air de franchise lui gagna ma confiance. Je lui fis le récit de mes malheurs; il me sembla y prendre beaucoup d'intérêt : il me promit d'employer tous ses soins pour me rendre service aussi-tôt qu'il aurait recouvré sa liberté. La confiance est le défaut ordinaire d'un homme franc et sincère; je le crus mon ami, et lui confiai tout ce que j'avais de plus cher, jusqu'à lui dire votre nom et votre demeure. Crédulité aveugle! aveux imprudens et indiscrets! l'époque de sa liberté arriva, il me quitta avec les démonstrations de la plus vive amitié. Le scélérat!... il méditait en m'embrassant le projet de me trahir. Le coeur trop plein de vous, il m'arrivait souvent de vous peindre à lui sous les traits de la plus séduisante beauté, telle que je vous vois enfin ; mes *récits* lui firent concevoir le dessein affreux de m'enlever ce que j'aimais, et d'être heureux à mes dépens. J'ai appris par un domestique de mon père, qui m'est resté attaché malgré mes disgrâces, qu'au lieu de me servir au-près de l'auteur de mes jours, il ne cessait de l'indisposer contre moi, en l'assurant que mes résolutions n'étaient nullement changées, et que je n'envisageais que l'instant heureux qui devait me réunir à vous. Je sus qu'il avait même fait à votre famille des propositions pour vous obtenir en mariage. La rage m'a fait trouver les moyens de m'échapper de ma prison. La certitude où j'étais d'être bientôt suivi, fut ce qui me détermina à me cacher promptement dans un village, pour y séjourner quelque tems sous un habit de paysan. Lorsque le peu d'argent que j'avais eu de quelques effets que je vendis, se trouva presque épuisé, j'écrivis à mon fidelle domestique le lieu de ma retraite; il m'envoya sur-le-champ le fruit de ses épargnes, avec la nouvelle de la mort subite de mon père. Je volai à Paris pour me venger, après avoir remis mes affaires et ma procuration entre les mains d'un ancien ami. J'ai pris le déguisement que vous voyez, et depuis vingt-quatre heures je cherchai votre mari. Enfin je l'ai rencontré et l'ai forcé de me faire raison de sa lâcheté: il m'a suivi à l'entrée du bois de Vincennes; c'est là que mon bras a su vous délivrer d'un monstre indigne de vous. Adieu, madame, je me sauve promptement : si cette affaire est découverte, je laisse un ami qui fera ce qu'il faudra, et que j'informerai de ma retraite. En quelque endroit que j'aille, vous recevrez de mes nouvelles avant peu de jours par mon ami ou par moi, et je verrai alors si l'absence et le malheur n'ont rien changé à vos sentimens. »

Le saisissement et la frayeur où me jeta ce discours, m'ôtèrent le pouvoir de lui répondre un mot, et je ne revins à moi que pour tomber bientôt dans une situation plus critique.

Un carrosse qui arrêta à ma porte me causa un tremblement universel : la frayeur me fit chanceler ;

mais la raison ranimant mes forces dans un moment aussi douloureux, je volai au-devant du triste spectacle qui m'était préparé, afin de faire donner à mon mari tous les secours qui dépendaient de moi. . . . O Dieu ! qu'apperçus je ! M. de Vilefranc prêt à rendre les derniers soupirs ! deux paysans l'accompagnaient. L'un d'eux me dit qu'un cavalier, passant fort vîte, les avait avertis qu'à l'entrée du bois de Vincennes, il y avait un homme qui se trouvait mal, et les avait engagés à l'aller secourir, sans vouloir y venir lui-même, sous prétexte d'être fort pressé. Ils avaient, à la vérité, trouvé un homme à l'endroit indiqué, mais percé de deux coups d'épée, et hors d'état de parler, et qu'ils avaient su sa demeure par plusieurs lettres trouvées dans ses poches. Je sentis quelles conséquences funestes pourraient résulter d'une pareille aventure. Pour me mettre à l'abri de tous reproches, je me transportai chez un commissaire avec les deux paysans ; nous y fîmes la déclaration de ce qui venait de se passer, et je cachai soigneusement ce que j'en savais en particulier.

Le chirurgien que j'avais envoyé chercher, après avoir examiné et sondé les plaies, n'en trouva qu'une dangereuse: il l'a pansa, remettant sa visite à vingt-quatre heures pour lever les premiers appareils, et prononcer sûrement l'arrêt de sa guérison ou de sa mort. Mais malgré sa conjecture, M. de Vilfranc mourut deux heures après, sans avoir prononcé une seule parole.

S'il ne me fut pas possible de tenir cette malheureuse affaire tout-à-fait secrette, au moins je crus avoir fait beaucoup que d'éviter qu'elle éclatât dans le monde avec toutes ses circonstances.

Je sens bien que c'est ici l'occasion de décrire une douleur extrême, et de ne me faire voir qu'entourée de voiles lugubres; autrement le lecteur me regardera de mauvais oeil. On attend peut-être encore de moi que je poursuive avec ardeur l'assassin de mon mari, et que je me charge de tirer vengeance de sa mort. Comme je n'en fis rien, il n'est pas inutile, je crois, de dire quelques mots pour ma justification.

M. de Vilfranc, pour m'engager à l'épouser, m'avait trompée, en me faisant envisager une vie libre et agréable, parce qu'il savait que j'étais entêtée de la liberté ; et au-lieu de tenir sa parole, il n'avait pas tardé à me faire sentir le poids de l'esclavage, et les désagrémens d'une jalousie mal fondée. Je l'avais épousé sans amour ; sa conduite me le rendait insupportable, et je le haïssais ; j'adorais son rival, qui d'ailleurs l'avait tué à armes égales, pour venger une trahison infâme. En prenant le parti du premier, je perdais l'autre ; et celui qu'il aurait fallu perdre m'était plus cher cent fois que celui dont j'aurais vengé la mort. Quel parti me restait-il à prendre ? Celui de la vengeance pouvait entraîner à sa suite des conséquences bien fâcheuses pour moi. Je n'étais assurément pas complice de la mort de M. de Vilfranc; je puis même me rendre cette justice, que dans l'instant où je le vis expirant, j'aurais voulu pouvoir lui racheter la vie aux dépens d'une partie de la mienne, malgré toutes les raisons que j'avais de le haïr. Mais si j'avais porté mes plaintes à la justice, et que j'eusse nommé le coupable, que n'eût-on pas soupçonné, en apprenant que j'avais reçu chez moi le meurtrier de mon mari? que cet homme avait été mon amant, qu'il était venu me faire confidence de son crime; et que je lui avais juré par écrit, quelques jours auparavant, de ne l'oublier jamais? car on aurait infailliblement découvert tout cela. Qu'aurait-on été en droit de penser sur mon compte, sinon que j'avais participé à un crime dont la seule idée me fait encore frémir, et que mes accusations étaient une ruse mal-adroite, dont je me servais, pour tâcher de paraître innocente ? Cette conséquence était claire ; ainsi, en voulant perdre Derville, je me serais perdue moi-même. Voilà pourtant le précipice profond où m'auraient entraîné ces grands mots, d'*honneur* et de *vengeance*. Je veux bien même supposer que je n'eusse été compromise en rien. Quel bien mes plaintes auraient-elles pr -duit ? M. de Vilfranc était mor ; le mal était sans remède ; et ç'au-rait été faire imprudemment deux malheureux. D'ailleurs, Derville s'était mis en sûreté par la fuite, et je n'en ai jamais entendu parler depuis

depuis ce fatal événement : j'ai appris que toutes les perquisitions de sa famille pour savoir ce qu'il était devenu, avaient été sans succès. On croit que cet infortuné jeune homme *se* noya dans le passage de France en Angleterre : un paquebot pérît en effet dans ce tems-là. Mais je laisse toutes ces tristes idées, pour passer à des objets plus agréables.

Quelle distance de l'état où j'étais quelques jours auparavant, à celui où je me trouvais alors? Jeune, riche, jolie et veuve ; que de prérogatives pour être heureuse, surtout dans une ville où chacune de ces qualités passe pour un brillant avantage. Une femme peut avoir des amans ; l'expérience le prouve, et l'usege en est reçu;

mais il y a des apparences à sauver, un *décorum* à garder, un mari commode à payer, ou un mari jaloux à écarter : enfin bien des précautions à prendre. Une veuve est dispensée de tout cela, quand elle sait mettre à profit tous les avantages de son état, et user de ses droits ; tous les tems, tous les lieux lui sont égaux ; la précieuse liberté attachée au titre de veuve est au-dessus de la bienséance ; elle ferme la bouche des médisans. Souveraine absolue, une veuve ne connaît d'autres lois que ses caprices, d'autres idoles que ses plaisirs, ni d'autre autorité que celle qu'il lui plaît d'exercer sur une foule de soupirans, qui se disputent l'honneur de porter ses fers. C'est ainsi qu'elle dédommage un peu notre sexe de la supériorité naturelle aux hommes, quoiqu'ils en fassent presque toujours un si mauvais usage.

Titre inestimable, vous êtes actuellement le mien! Je suis veuve; j'ai le droit d'avoir des amans et de les afficher; je vais être coquette et galante impunément à la connaissance de tout Paris, sans que personne ose me blâmer. Je n'aurai d'autres occupations que celles de l'amour libre, ni d'autre souci que celui de varier mes plaisirs. Est-il un genre de vie plus agréable?

O vous, mes chères compagnes! qui courez actuellement la carrière de la coquetterie, dont je faisais jadis mes délices, parlons un peu sérieusement, et convenons que les femmes sont bien sottes de sacrifier ainsi leur honneur et leur tranquilité au vain plaisir de commander quelques instans à des ingrats, qui ne se rendent esclaves et ne rampent à nos pieds, que pour acquérir le droit de nous mépriser ensuite ! Notre vanité trouve son compte à exercer un empire despotique sur des hommes quelquefois aimables, et notre mérite nous semble être le seul objet de leurs soins ; mais ne nous y trompons pas, le plaisir est la seule idole à laquelle ils sacrifient ; c'est plus par intérêt pour eux qu'ils s'humilient, que par amour pour nous : ce qui est si vrai, que dans un seul jour ils vont tenir les mêmes propos à vingt femmes différentes.

Vous me répondrez, sans doute, qu'une pareille légéreté les rend plus méprisables que nous. Je le sais parfaitement ; mais en sommes-nous moins les victimes? Ah! s'il était possible d'attraper quarante ans avant d'en avoir quinze, nous ferions toutes, tant que nous sommes, bien moins de folies! mais malheureusement nous n'acquérons l'expérience qu'à nos dépens, parce que le coeur palpite avant que la raison ait parlé.

Aussi-tôt que je fus en deuil, une foule de petits-maîtres (espèce d'hommes indéfinissables qui ne savent que pirouetter et s'admirer) s'empressa de venir consoler la belle veuve. Aucun n'y trouva son compte ; je n'étais encore sensible qu'au plaisir de la liberté ; d'ailleurs j'attendais de jour en jour des nouvelles de Derville. Cependant, pour paraître chercher à dissiper le chagrin que je devais avoir, je passais la plupart des jours aux spectacles ou aux promenades, et souvent les nuits au bal. Malgré cela, je résistai quatre mois entiers aux violentes attaques des élégans qui m'assiégeaient de tous côtés. Mais on a beau faire, la meilleure résolution se trouve quelquefois en défaut ; et il y a des circonstances critiques pour la vertu d'une femme, qu'il est impossible de prévoir : telle est celle dont je vais rendre compte.

Le chevalier de Sainfort, jeune militaire, allié à ma famille, ne manquait pas une occasion de me faire sa cour ; je le recevais avec plus de plaisir que tous ses rivaux, parce qu'il possédait ces qualités aimables, ces petits riens, cet art de parler une heure sans rien dire; enfin ce talent agréable et dangereux d'amuser une jolie femme. Il me proposa une partie de bal d'opéra, où je n'avais jamais été: je l'acceptai, et il m'y conduisit à l'heure où la foule était nombreuse. La chaleur excessive, occasionnée par la quantité de monde qui s'y trouva, et ces mouvemens rapides, continuels et bruyans, auxquels je n'étais pas accoutumée, et qui sont le charme de cette assemblée, m'incommodèrent au point que je priai le chevalier de me conduire chez moi. Mais en vain voulus-je rentrer; mes domestiques profitant de mon absence, avaient été passer la nuit de leur côté, en sorte que je fus forcée de rester à la porte. J'eus beau frapper, pester, jurer de les mettre tous dehors le lendemain, tout cela ne remédiait à rien. Nous essayâmes d'enfoncer la porte; nos efforts furent inutiles, soit qu'elle fût trop bien fermée, ou soit que mon compagnon, qui avait ses vues, ne fit que de légères tentatives. Je me vis obligée de me rendre aux sollicitations du chevalier, qui me conduisit chez lui. Il était garçon, et n'avait pour tout domestique qu'un seul laquais. Je m'imaginai que ma démarche serait ignorée (car l'opinion publique avait encore un peu d'empire sur moi) : mais qu'il est dangereux pour une femme de se trouver seule la nuit chez un aimable étourdi! D'abord il me pressa de me coucher, et offrit de passer dans une autre chambre. Je n'y voulus pas consentir. « Qui me répondra de votre sagesse, lui dis-je? — Le respect le plus scrupuleux; je vous en donne ma parole. — Je n'ai pas assez bonne opinion de vous pour me contenter d'un pareil gage. — Je vous assure cependant, belle cousine (c'est ainsi qu'il m'appelait), que sans votre aveu je ne hasarderai pas le plus petit baiser. » Et en même tems il me baisa la main. Je la retirai assez vivement; ce qui ne l'empêcha pas d'en faire autant de l'autre. Je me fâchai; il me demanda pardon à genoux (attitude dont je connaissais tout le danger), en me jurant qu'il m'adorait: s'en hardissant de plus-enplus, il voulut me prouver que je n'avais aucune raison, pas même le plus léger prétexte, pour le rendre malheureux; puisque personne ne sachant que j'étais chez lui, je ne devais craindre aucun propos. « Vous croyez donc, monsieur, que c'est la crainte des propos qui est la règle de ma conduite? Vous avez pris de moi, à ce qu'il me semble, une opinion assez peu avantageuse! — Sur mon honneur, belle cousine, j'en ai la meilleure opinion du monde: mais en seriez-vous moins vertueuse si vous vous relâchiez un peu de votre extrême sévérité en faveur du plus tendre amant? Je vous soutiens, moi, qu'une femme moralement sage, est plus estimable mille fois, même en sacrifiant à l'amour, qu'une coquette ou qu'une prude qui se fait long-tems prier, plutôt pour sauver les apparences, que par scrupule. Au reste, je prends la faute sur moi ; je me charge seul du crime ; puisque vous voulez donner ce nom odieux au sentiment le plus tendre et le plus naturel. »

Cette belle logique n'avait pas le sens commun ; mais le chevalier était joli homme ; il parlait beaucoup, et s'émancipait encore plus ; ce qu'il disait ne me touchait guère, et cependant lorsqu'il eut achevé de parler, je me trouvai presque dans l'impossibilité de me défendre. . . . . Il triompha.

Le chevalier ne me permit de me dégager de ses bras, qu'à condition que je consentirais à me mettre au lit le reste de la nuit. Que pouvais-je faire ? le vainqueur est toujours maître des conditions, et puis le premier pas était fait ; c'est le seul qui coûte.

Le petit jour commençant à paraître, je fis une espèce de toilette, et le chevalier me remit chez moi.

Lorsque je fus seule, je me rappelai toutes les circonstances de mon aventure, et je m'étonnai d'avoir résisté si faiblement ; car le chevalier la veille de ma défaite, ne me faisait aucune impression. Il est donc vrai, me disais-je, que l'homme qui nous est le plus indifférent, peut triompher de notre vertu, s'il sait employer un peu d'art.

Le chevalier se rendit chez moi le lendemain matin à mon lever. Dans

Dans la persuasion où j'étais qu'il m'adorait, j'avais déja, dans mon particulier, médité le joli projet d'un commerce agréable et réglé, dont la discrétion que je lui supposais, devait encore, selon moi, augmenter le charme. Mais quelle surprise fut la mienne, quand je le vis recevoir avec froideur les caresses que je lui fis! Au dépit succéda l'étonnement, et j'en vins à des reproches très-vifs, auxquels il ne répondit que par un grand éclat de rire. Quand il vit que l'indignation s'en mêlait, il prit alors un air plus composé. « Mais de quoi vous plaignez-vous, madame, me dit-il? Je vous ai juré que je vous aimais, cela est vrai; trouvez-vous donc que je ne vous l'aie pas prouvé d'une manière assez convaincante? Et, tout considéré, n'ai-je pas fait pour vous plus encore que vous n'avez fait pour moi? Car enfin, ce n'est sûrement pas à votre bonté que je suis redevable des avantages que j'ai pris sur vous; mais à ma seule adresse, ou plutôt à mon mérite. Cependant je ne veux pas passer pour ingrat, et je vous promets la reconnaissance la plus vive. Mais pour soutenir le rôle de soupirant, d'adorateur, je m'y appliquerais en vain; c'est une chose qu'il m'a toujours été impossible de faire, ou dont je m'acquitte d'une manière très gauche. Croyez, d'ailleurs, que vous y perdriez beaucoup; vous avez assez de charmes pour faire mourir de jalousie les trois-quarts des jolies femmes, en fixant auprès de vous les plus aimables cavaliers : or, ce serait arrêter le nombre inoui des conquêtes que vous pouvez vous promettre, que de me déclarer pour être à vous. Cet arrangement décidé, comptez sur ma discrétion ; il n'y a que les étourderies dont je ne peux pas répondre ; mais je ferai tout ce que je pourrai, pour qu'il ne m'échappe rien qui puisse vous désobliger. » Ce compliment achevé, deux ou trois pirouettes qu'il fit sur le talon me délivrèrent de son impertinente figure.

Il n'est guère possible d'exprimer à quel point j'étais piquée. L'indignation m'avait rendue muette. Quelle femme aurait pu digérer une pareille insolence? Elle était extrême ; il n'y avait que l'idée d'une vengeance complette qui pût me consoler un peu. Je me promis de tout employer pour y réussir, mon aventure dût-elle devenir publique ; la honte m'en paraissait moindre que celle de souffrir en paix le traitement injurieux du fat qui m'avait offensée.

Je fus invitée à dîner quelque tems après chez une dame Balin veuve d'un riche intendant qui donnait à jouer. Sainfort qui s'y rendait souvent, lui avait tout récemment joué un tour plus cruel encore qu'à moi. Elle le recevait cependant toujours chez elle pour l'engager à la discrétion, et elle avait si bien réussi, qu'elle seule croyait secrète l'aventure que tout Paris savait, et que le lecteur saura bientôt aussi. La compagnie était nombreuse ; le repas fut gai. A l'exception de moi, pas une femme n'échappa à la satyre d'un jeune homme nommé de Perceval, qui savait par coeur la chronique scandaleuse de tout Paris, et qui joignait beaucoup d'esprit, à une grande inclination pour la médisance (ce vice était autrefois de mode; aujourd'hui c'est la calomnie). Le tems, les lieux, les personnages, les plus particulières circonstances, rien ne lui échappait. Il fallait qu'il eût un démon familier qui vînt lui rendre un compte exact du genre de vie de toutes les femmes. Aucune de celles qui étaient présentes ne se fâcha, parce qu'il médisait si legérement, et avec tant de grâces, que celles mêmes qui étaient intéressées à le faire taire, prenaient le parti de rire comme les autres. Lorsqu'il eut fait sa ronde, on le plaisanta beaucoup sur ce qu'il m'avait ménagée, et sur le motif qui l'y avait engagé. Il se défendit, en me demandant ironiquement si j'avais eu beaucoup d'agrémens au bal de l'opéra avec M. le chevalier de Sainfort ? Ce trait malin m'étourdit ; ne sachant que répondre, je soutins n'y avoir pas éte, mais d'un air si troublé que je me décélais moi-même. M. de Perceval feignant quelque regret de m'avoir fait une peine si cruelle, ajouta que c'était une mauvaise plaisanterie de sa part, puisqu'il savait que je n'y avais pas resté toute la nuit. Ce dernier sarcasme, non moins ironique que le premier, acheva de me faire perdre contenance ; je rougis

rougis et restai muette. Comment, vous rougissez, me dit madame Balin ! Vous avez tort : n'est-il pas juste que M. de Perceval qui vous a divertie à nos dépens, nous dédommage un peu ? Sachez que personne de nous n'ignore ce qui vous est arrivé avec Sainfort, et que personne ne vous en blâme. Mais si vous voulez, nous concerterons toutes ensemble quelque moyen d'en tirer une vengeance commune ; car il y a peu de femmes ici qui n'aient sujet de se plaindre de ce fat, tout aimable qu'il est. » Tout le monde applaudit, et moi la première, quoiqu'encore un peu honteuse. Les hommes qui se trouvaient présens au complot, mais qui n'y entraient pour rien, s'engagèrent, sous parole d'honneur, à ne point l'avertir. Je demandai à jouer le premier rôle ; on ne me l'accorda qu'à condition que je raconterais les détails de mon aventure. Je le fis fort ingénument ; mais en déguisant certains faits ; et il se trouva que j'étais la moins maltraitée. Madame Balin, à son tour, se rendit à nos pressantes sollicitations, et convint hautement, qu'ayant fait la sotise de le recevoir secrettement chez elle à une heure où tout le monde la cryait seule, il avait eu l'effronterie de sonner un domestique, et de lui dire d'aller chercher une voiture, parce qu'il avait un autre rendez-vous. Ensuite, ajouta madame Balin, il éclata de rire, et sortit en me persiflant.

Il fut conclu d'une voix unanime, que nous participerions toutes à la vengeance. Nous nous trouvions huit femmes, c'en était assez pour employer la force même en cas de besoin. Il ne fut plus question que de trouver une occasion convenable : elle se présenta bientôt.

Fin de la première partie.

www.ingramcontent.com/pod-product-compliance
Lightning Source LLC
LaVergne TN
LVHW012010220826
846092LV00001B/298

* 9 7 8 2 3 2 9 2 4 6 1 1 6 *